VIAJEROS DEL TIEMPO

LA PREHISTORIA

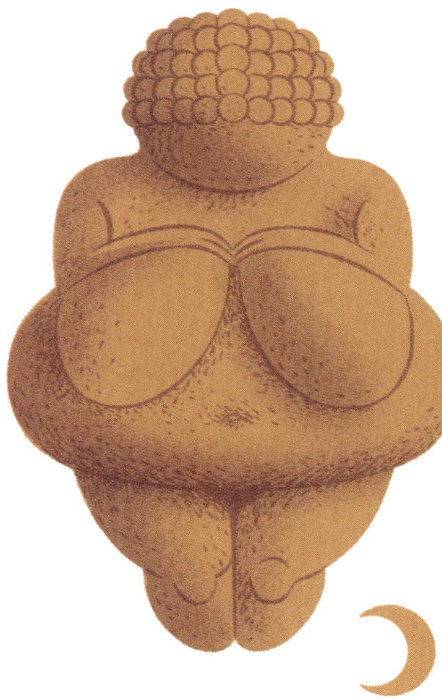

Escrito por

FRANCISCO LLORCA

Ilustrado por

JULIO FUENTES

ALBA

ÍNDICE

El árbol de la vida — 4

El triunfo de los *sapiens* — 6

Nómadas y cazadores — 8

Humanos tipo fuego — 10

El poder del lenguaje y la ficción — 12

La sociedad de los cuidados — 14

La verdadera *Ice Age* — 16

La especie más peligrosa del planeta — 18

Grafitis del pasado — 20

La mayor revolución de la humanidad — 22

Piedras mágicas — 24

El hombre prehistórico
también era una mujer — 26

Tablets de arcilla — 28

Cronología — 30

Hola, ¿cómo estáis? Me llamo Lucy y os voy a contar una historia que ocurrió antes del nacimiento de la propia Historia. Es por eso que la llamamos Prehistoria. Sucedió hace miles, millones de años, cuando no existían los libros, ni tan siquiera la escritura, por lo que para contarla tendremos que recurrir al infatigable trabajo de arqueólogos, biólogos y antropólogos, quienes tratan, ayudados por la ciencia, de explicarnos qué ocurrió exactamente durante aquel período. Un período que vio nacer a los primeros seres humanos y cómo estos evolucionaron para adaptarse al medio.

Y en esa aventura descubrieron el fuego y elaboraron sofisticadas herramientas, se enfrentaron a temperaturas extremas y a formidables depredadores, atravesaron océanos, conquistaron continentes enteros y construyeron sus primeras ciudades.

Así que poneos vuestras gafas y acercaos a esta hoguera, porque no hay nada más humano que nuestra capacidad para contarnos historias, ya sean inventadas o reales. ¿Ya estáis? Pues graduadlas bien y vamos allá... ¡a la Prehistoria!

EL ÁRBOL DE LA VIDA

Cuando hablamos de la evolución del ser humano pensamos en una línea que nos lleva desde algo parecido a un mono que se va irguiendo, perdiendo pelo y haciendo más alto hasta nuestro estado actual. La imagen se ha hecho muy popular, pero no responde a la realidad exactamente porque la evolución no es lineal: tiene forma de árbol.

Todas las especies que pueblan el planeta, incluidos los seres humanos, proceden a su vez de otras especies que habitaron el planeta en el pasado y que ya han desaparecido para siempre. La del ser humano es solo una rama más de un enorme árbol genealógico que tiene un tronco y una raíz común, un ser de una sola célula que apareció en la Tierra hace más de 3.800 millones de años y que, a partir de ahí, comenzó a evolucionar, a ramificarse.

Los biólogos y zoólogos hacen sus clasificaciones para ordenar este árbol, agrupando a los animales que más se parecen en familias y especies. Los seres humanos estamos agrupados dentro de la familia de los homínidos, junto a los chimpancés, gorilas y orangutanes. Estos grandes simios son nuestros parientes más cercanos, hoy en peligro de extinción debido al cambio climático y la desaparición de sus hábitats naturales, ambos provocados por la acción humana.

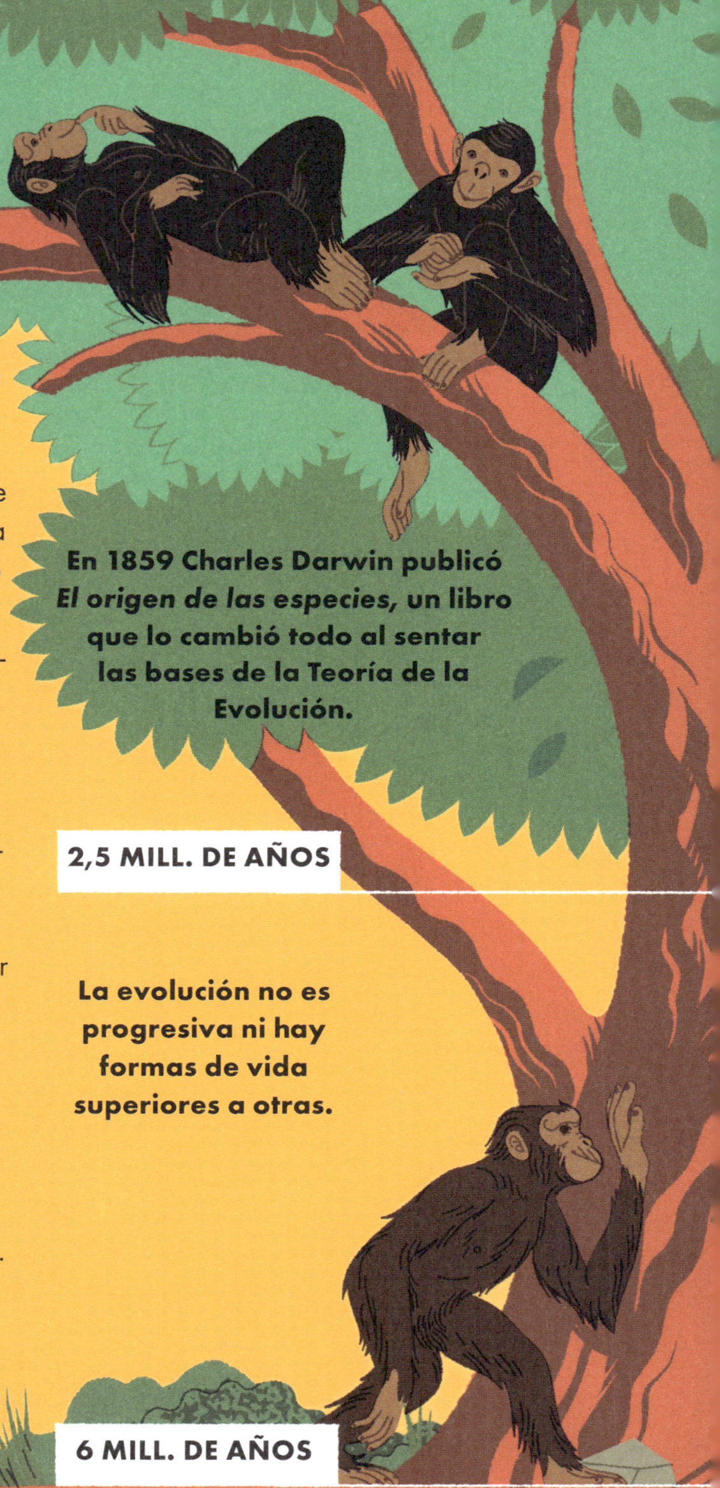

En 1859 Charles Darwin publicó *El origen de las especies*, un libro que lo cambió todo al sentar las bases de la Teoría de la Evolución.

La evolución no es progresiva ni hay formas de vida superiores a otras.

La selección natural no ofrece un proceso de mejora, sino solo una adaptación relativa a las condiciones.

Compartimos casi el 99 % de nuestra secuencia genética con los chimpancés, lo que indica la existencia de un ancestro común.

En algún momento, hace alrededor de 6 millones de años, los grandes simios se separaron en diferentes ramas, apareciendo el que es nuestro antepasado más antiguo: el *Australopithecus.* Su cerebro apenas era más grande que el de un chimpancé, pero sus manos y pies ya se parecían bastante a los nuestros, aunque creemos que todavía no fabricaba herramientas. Algo que sí consiguió una nueva especie, el *Homo habilis,* hace 2,5 millones de años, al golpear dos piedras y obtener con ello una nueva piedra más pequeña y cortante. Esa pequeña piedra marcó el inicio de la llamada Edad de Piedra, cuyo primer período se conoce como Paleolítico o «edad de la piedra antigua».

EL TRIUNFO DE LOS SAPIENS

Pero dejemos a los seres humanos a un lado y hablemos por un momento de osos. Piensa en uno. A mí me viene a la cabeza un oso enorme, marrón y peludo, un *grizzly*. Pero un compañero de tu clase puede pensar en un oso polar o mi hermana pequeña en un oso panda porque acaba de ver uno en el zoo. Pertenecen todos a una misma familia (los úrsidos) pero son diferentes especies.

Pues bien, hace 50.000 años existían diferentes especies de seres humanos en el planeta Tierra. Hoy en día solo una, la nuestra, el *Homo sapiens.*

Que dos seres humanos pertenecieran a especies distintas no quería decir que fueran completamente diferentes (pensemos nuevamente en los osos, pero también en los caballos y las cebras o los leopardos y los jaguares, iguales pero diferentes).

Así, desde la rama común de los *Homo habilis* evolucionaron especies como los *Homo erectus* y, más tarde, otras como los *Homo sapiens* o los *Homo neanderthalensis*. En este sentido, los neandertales no son nuestros antepasados, son nuestros primos: evolucionaron a la misma vez que nosotros, desde una rama

Se han encontrado restos de *Homo erectus* que cuestionan la idea de que estos evolucionaran a partir del *Homo habilis,* pudiendo ser en realidad coetáneos.

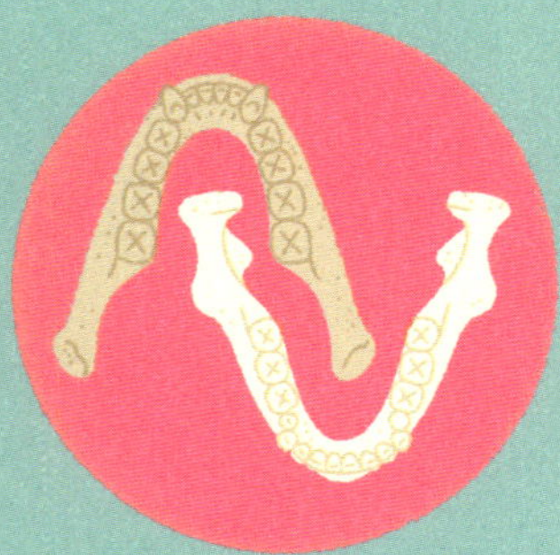

Hace 50.000 años convivían al menos seis especies de seres humanos: el *Homo erectus, el neanderthalensis,* el *luzonensis,* el *demisova, el sapiens* y el *floresiensis.*

común que, en algún momento, se bifurcó formando una nueva que, miles de años más tarde, se secó y desapareció. Posiblemente la desaparición de los neandertales y las otras especies humanas se debió a la expansión de los *sapiens,* quienes se fueron haciendo con sus territorios y recursos.

A pesar de ello, algunas de estas especies humanas se asimilarían con los *Homo sapiens* mediante el emparejamiento de algunos de sus miembros, lo que hace que una pequeña parte de nuestro ADN todavía coincida con la de estos humanos perdidos.

La evolución nos confirma que el linaje de los seres humanos tenía en el pasado una gran diversidad que se ha ido perdiendo.

Los diferentes hallazgos nos obligan a reformular continuamente la Teoría de la Evolución.

Los australopitecos ya usaban piedras para machacar huesos o vegetales.

NÓMADAS Y CAZADORES

Aunque le llamamos la Edad de Piedra, la mayor parte de herramientas eran de origen vegetal como la madera. Lamentablemente no se han conservado.

Desgraciadamente contamos con muy pocas certezas sobre la vida de nuestros antepasados más remotos. Las únicas pruebas que tenemos son algunos huesos y herramientas que se han encontrado en distintos yacimientos. La labor de los arqueólogos es interrogarlos, como si fueran detectives, y hacerlos hablar.

Gracias a ellos sabemos que el hombre del Paleolítico vivía de una manera muy diferente de nosotros. En primer lugar, lo hacía en pequeños grupos, desconocemos si en comuna o en familias similares a las nuestras, pero sí que sus relaciones eran más comunitarias e igualitarias que en las sociedades modernas. Estos grupos, apenas formados por unas pocas decenas de personas, interactuaban (generalmente de forma amistosa) con otros para cooperar, intercambiando objetos, cazando juntos o uniendo fuerzas contra

Hay evidencias de que los humanos prehistóricos ya conocían la función medicinal de algunas plantas y las utilizaban.

grupos rivales. En ocasiones algunos miembros abandonaban su grupo y se unían a uno nuevo. Esta capacidad para cooperar es uno de los rasgos distintivos del *Homo sapiens* y se convirtió en una ventaja fundamental frente a otras especies humanas.

Estos grupos estaban siempre en movimiento: eran nómadas. Es decir, se desplazaba con-

Las herramientas fueron fundamentales para el desarrollo del ser humano prehistórico, pero el progreso no habría sido posible sin otro tipo de cualidades como son la comunicación y el desarrollo de la vida social.

Los cazadores y recolectores tenían una dieta mucho más variada y saludable que la nuestra.

tinuamente en busca de caza o recolectando frutos, dependiendo de las estaciones, la migración de los animales o el crecimiento de las plantas y, aunque solían ocupar un mismo territorio, en ocasiones recorrían cientos de kilómetros si el alimento escaseaba o sucedía alguna catástrofe natural.

Conocemos muchas cosas gracias a los utensilios encontrados. En la mayor parte de los yacimientos de *Homo habilis* o de sus descendientes, los científicos han hallado herramientas de piedra. Las primeras datadas fueron las conocidas como *choppers*, piedras que han sido golpeadas por otras piedras para obtener un filo. Con el tiempo, estas se fueron haciendo cada vez más sofisticadas: raspadores, punzones, hachas, propulsores, arpones y flechas... y aunque este período se conoce comúnmente como la Edad de Piedra, era frecuente el empleo de otros materiales como los huesos, las cornamentas y colmillos de algunos animales, el cuero, la madera y otras fibras vegetales.

El uso del fuego permitió el consumo de alimentos tan básicos en nuestra dieta como el trigo, el arroz o las patatas, que no pueden comerse crudos. Hasta entonces el ser humano se alimentaba básicamente de frutos, insectos y carroña.

Hay algo hipnótico en el fuego. Cuando estamos frente a una hoguera, no solo nuestro cuerpo entra en calor, también se enciende nuestra imaginación, transportándonos a tiempos antiguos en los que la comunidad se reunía alrededor de las llamas para conjurar el miedo o contar historias. Hay algo antiguo y primordial en él. Y es que el dominio del fuego fue un punto y aparte en la historia de la humanidad, abriendo una brecha entre esta y el resto del mundo animal, dándole al ser humano una herramienta de la que carecían las otras especies y la posibilidad de controlar su entorno a través de medios artificiales.

En ocasiones, un rayo podía caer en la sabana y provocar un pequeño incendio, situación que los seres humanos utilizaban para prender alguna antorcha y transportar la llama hasta su hogar. Sin embargo, no fue hasta hace 300.000 años que los seres humanos

(Homo erectus, Homo sapiens y *Homo neanderthalensis)* aprendieron a hacer fuego por sí mismos, ya fuera golpeando dos piedras como por ejemplo un trozo de sílex y uno de pirita (percusión) o frotando una rama seca contra un trozo de madera (fricción).

El fuego no solo aportó luz en la oscuridad y calor al ser humano, también alejó a potenciales depredadores de sus asentamientos y les ayudó a cazar provocando grandes incendios que atrapaban y calcinaban a los animales. El uso del fuego también les aportó algo tan doméstico y cotidiano como era el hecho de poder cocinar. Piensa que hasta el momento los alimentos se consumían crudos, ya fueran estos raíces, frutos o carne, lo cual ocasionaba digestiones muy pesadas y enfermedades provocadas por los gérmenes y parásitos que desaparecían con la cocción.

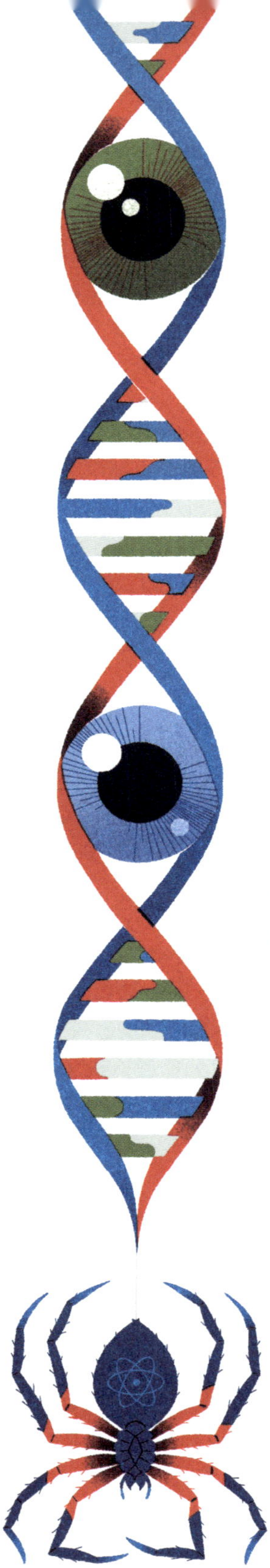

EL PODER DEL LENGUAJE Y LA FICCIÓN

Hace aproximadamente 70.000 años se produjo una mutación genética en las conexiones neuronales de los *sapiens* que transformó su capacidad cognitiva y les permitió comunicarse de una manera completamente diferente a la de las otras especies animales y humanas. Esta mutación no fue debida a la picadura de una araña radioactiva, sino que fue fruto de la propia evolución.

Pero todos los animales se comunican de alguna forma, ¿no? Sí, pero no de la manera tan compleja en que lo comenzaron a hacer los *Homo sapiens:* con un conjunto limitado de sonidos podían componer infinidad de palabras y con ellas expresiones, frases y relatos sobre ellos y sobre el mundo que les rodeaba. Y al compartirlas con el resto de la comunidad comenzaron a tener más información. Y la información era poder: poder para encontrar los mejores frutos, saber quién era de fiar y quién no lo era dentro del grupo, qué plantas curaban y cuáles eran venenosas...

Pero hay otra característica que hace diferente al *sapiens* respecto al resto de las especies y es su capacidad para la ficción, para inventar relatos o hablar de cosas

Gracias al lenguaje los *sapiens* pudieron crear mitos compartidos que les permitían cooperar eficazmente.

que no existen y conseguir que otros crean en ellas. La ficción, las historias, se convirtieron en algo esencial para la evolución humana desde que uno de nuestros antepasados fabuló por primera vez sobre la caza de un mamut y sus oyentes aceptaron creerle. Y eso es lo importante, no solo la capacidad de fabular, también de conseguir que otros compartan esa ficción, ya sean estas religiones, leyes o ideas. Todos tus compañeros y compañeras van a clase porque, tanto ellos como sus padres, creen en el valor de la educación. Un estadio se llena de gente que comparte su afición por un mismo equipo, aunque no se conozcan entre ellos. Los jugadores pueden jugar porque se han inventado unas normas que todos respetan. Este tipo de ficciones nos permiten compartir una identidad común y colaborar entre nosotros.

Algunos insectos como las abejas tienen un lenguaje propio y cooperan entre ellas, pero siempre de una manera muy limitada.

Los *sapiens* gobiernan el mundo no por sus capacidades físicas, sino por su capacidad para crear ficciones y creer en ellas.

LA SOCIEDAD DE LOS CUIDADOS

Hace años, un estudiante preguntó a la antropóloga estadounidense Margaret Mead cuál consideraba que era el primer signo de civilización. ¿El fuego?, ¿la religión?, ¿las primeras herramientas?... Para sorpresa de todos, Mead dijo que la primera prueba de civilización era un fémur fracturado hace 15.000 años. Este hueso, encontrado en un yacimiento arqueológico, se había roto, lo cual suponía que aquella persona no podría caminar, ni buscar alimento ni defenderse de los depredadores. Lo sorprendente de este caso es que la fractura se había curado y eso era la prueba de que otra persona se había tomado el tiempo de llevar al herido hasta un lugar seguro, estar con él y atenderle durante su recuperación. Un fémur curado indica que alguien ha ayudado a un semejante, en lugar de abandonarlo, que lo había cuidado. Esa preocupación por el otro, la capacidad para crear instituciones de solidaridad y cooperar, sería para Mead el primer signo de civilización.

La arqueología ha encontrado más muestras de individuos que no hubieran podido sobrevivir solos y que, si lo hicieron, fue ayudados por otros seres humanos. Por ejemplo, en Dmanisi (Georgia) se han hallado restos de un individuo viejo, que vivió hace 1,8 millones de años, sin dientes, a quien seguramente alguien le trituraría la comida, se la masticaría y luego se la daría.

Las antropólogas feministas como Margaret Mead demostraron con sus investigaciones que el concepto «género» era una construcción social.

Sin embargo, estas conductas no solo se explican desde el altruismo, también desde la necesidad, ya que no solo beneficiaban a los más débiles y desprotegidos: era una manera de controlar la transmisión de enfermedades o de conservar el conocimiento que solían atesorar los humanos más longevos, que eran los que solían requerir estos cuidados.

La anécdota de Mead es inspiradora y nos habla de la interdependencia de los seres humanos, sin embargo, la ciencia ha demostrado recientemente que los humanos no somos los únicos en el planeta que ayudamos y cuidamos a los más necesitados. Especies como los chimpancés, las ballenas o los elefantes destacan también por este comportamiento. Lo cual evidencia que los humanos somos un animal más entre la diversidad natural, con nuestras peculiaridades únicas, pero que ni la empatía ni la solidaridad nos pertenecen solo a nosotros.

LA VERDADERA *ICE AGE*

La *criosfera* de la Tierra pierde 87.000 km² al año a causa del cambio climático.

La temperatura de la Tierra y los océanos ha aumentado en las últimas décadas como efecto del cambio climático. Esto está provocando el deshielo de los polos en el Ártico y en la Antártida y de la mayoría de las áreas con agua congelada de la Tierra (conocida como *criosfera*). La evidencia científica no admite lugar a dudas: el planeta se está derritiendo.

Sin embargo, esto no siempre fue así. De hecho, nuestro planeta ha sufrido períodos en los que el enfriamiento del clima terrestre produjo la congelación de las aguas y el surgimiento de hielos continentales en buena parte de las zonas cálidas del planeta. Estos períodos son conocidos como las glaciaciones y podían durar cientos de miles de años en los que la

La bajada de las temperaturas fue tal que han aparecido pinturas rupestres en el sur de Francia representando aves que parecen pingüinos o restos de focas y mamuts lanudos en el sur de España.

Las posibles causas de las glaciaciones: cambios en la rotación de la Tierra o en su órbita, variaciones en el nivel de CO_2 en la atmósfera, cambios en las corrientes marinas o erupciones volcánicas que impiden el paso de la luz solar.

El período de clima templado actual es conocido como Holoceno.

vida debía adaptarse a ese clima gélido o desaparecer.

La última de ellas se inició hace 110.000 años y alcanzó hasta el 10 000 a. C. y se conoce comúnmente como la Edad de Hielo. En ese período, gran parte de la superficie terrestre fue cubierta por glaciares, lo que supuso un gran reto para la especie humana que logró sobrevivir a estas condiciones inhóspitas gracias a su capacidad de adaptación, aprendiendo nuevas habilidades y creando nuevos herramientas como la aguja de hueso, que permitió coser pieles con las que confeccionar vestimentas para protegerse del frío y conservar el calor.

Aunque la vida era dura e inhóspita, aquel período fue clave para la dispersión del *Homo sapiens* por el mundo, en gran medida aprovechando los puentes de hielo entre los continentes o la bajada del nivel del mar, como por ejemplo en el actual estrecho de Bering, que permitió el paso de seres humanos desde Asia hacia América.

LA ESPECIE MÁS PELIGROSA DEL PLANETA

Hoy en día un millón de especies de animales y plantas se encuentran en peligro de extinción como consecuencia de la actividad humana. Sin embargo, la destrucción de la naturaleza por parte del ser humano comenzó mucho antes del cambio climático, aunque los efectos de este no han hecho más que acelerar el proceso.

De hecho, la primera oleada de colonización del *Homo sapiens* fue uno de los mayores desastres ecológicos de la historia del planeta. Los seres humanos se habían trasladado durante miles de años por buena parte de África, Europa y Asia, adaptándose al medio con gran éxito, pero sin transformarlo. Sin embargo, cuando hace unos 45.000 años el hombre comenzó a expandirse por las islas del continente asiático, Australia o América, su movimiento comenzó a verse acompañado por extinciones masivas de la fauna en aquellas regiones como consecuencia de la caza y la ocupación de su territorio.

El caso de la llegada del ser humano a América hace 16.000 años es un ejemplo. La fauna de aquel continente, aislada de todo contacto con los *sapiens* hasta ese momento, era de una riqueza incalculable: tigres de dientes de sable, mamuts, perezosos gigantes o leones recorrían el continente desde Alaska hasta la Tierra de Fuego. En poco más de dos mil años tras la llegada del ser humano la mayoría había desaparecido. Los grandes mamíferos fueron los primeros en extinguirse, pero a ellos

En poco más de dos mil años desparecieron casi el 90 % de las especies de grandes mamíferos de América.

Las evidencias arqueológicas son concluyentes: la llegada del *Homo sapiens* a un territorio coincide con los últimos fósiles de las especies desaparecidas.

les siguieron también otras especies de mamíferos más pequeños, reptiles, pájaros e insectos. La naturaleza guarda un equilibrio muy delicado y alterar una de sus piezas supone que todo el conjunto se vea afectado.

A esta primera oleada colonizadora o de extinción, siguió una segunda con la expansión de la agricultura, que acabaría con el hábitat natural de muchas especies al transformar las selvas y los bosques en terrenos propicios para el cultivo y la ganadería. Hoy, vivimos una tercera oleada asociada a la actividad industrial. Según organizaciones como WWF (Fondo Mundial para la Naturaleza), en los últimos cuarenta años han muerto más de la mitad de todos los animales vertebrados del planeta. De seguir así, los zoos acabarán convirtiéndose en museos y los únicos grandes mamíferos que quedarán en la Tierra junto a los seres humanos serán los animales de las granjas. No tenemos tiempo que perder.

Algunas islas remotas, como las Islas Galápagos, no fueron habitadas por seres humanos hasta el siglo XIX, por lo que se mantuvieron intactas. El descubrimiento de algunas especies en esas islas, como las tortugas gigantes, permitieron a Charles Darwin darle forma a su Teoría de la Evolución.

GRAFITIS DEL PASADO

Ahora demos un salto en el tiempo. Hasta la Francia de 1940. Allí, mientras resuenan lo cañones de la Segunda Guerra Mundial, un grupo de adolescentes investigaban lo que creían la madriguera de un zorro a la que les había conducido su perro. Cuando consiguieron entrar en ella se toparon con otro tipo de animales muy diferentes a los que esperaban: sobre las paredes de aquella gruta encontraron cientos de pinturas que representaban caballos, bisontes, uros (antecesores de las vacas y toros actuales) y felinos prehistóricos. Aquellas siluetas trazadas con soltura sobre las rocas databan de entre el 17 000 a. C. y el 15 000 a. C. Aquel grupo de adolescentes había descubierto por casualidad la cueva de Lascaux, uno de los yacimientos arqueológicos más importantes del mundo.

Las pinturas se realizaban con materias vegetales y minerales que luego se extendían con la mano, palos o mechones de pelo.

Las pinturas rupestres son, aún hoy, un gran misterio. ¿Por qué representaban aquellos bellos seres, medio reales medio imaginados? ¿Qué significado tenían aquellas formas entre figurativas y abstractas? No solo son las representaciones más antiguas que conocemos de seres humanos y animales que habitaron la Tierra hace miles de años, sino también el primer lenguaje gráfico que nos ha llegado, y una de las claves de la comunicación humana. Más allá de lo que representaban, aquellas pinturas trataban de trasmitir una idea y crear, a través del arte, una identidad colectiva. En el fondo, de lo que estamos hablando es de la construcción de símbolos, algo de gran importancia en términos evolutivos y una de las características propias del ser humano.

En las cuevas de Lascaux se han encontrado pequeñas linternas que se encendían con grasa animal para iluminar las paredes.

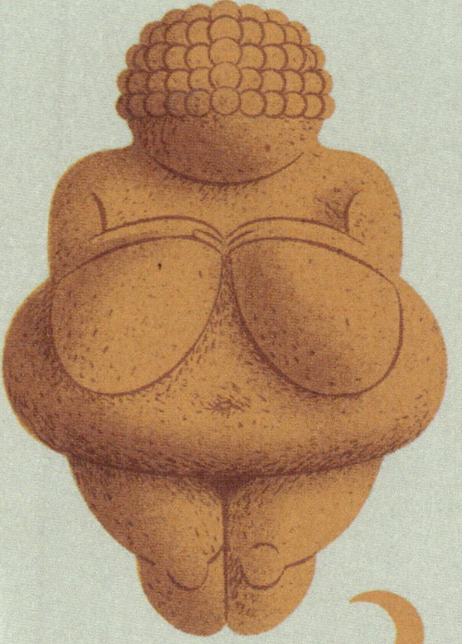

No solo hacían pinturas, también pequeñas tallas como pequeñas figuras de animales esculpidas en marfil o hueso, algunas de hace más de 30.000 años, o estatuillas como la famosa *Venus de Willendorf*, mujer tallada en piedra que rendía culto a la fertilidad y la maternidad.

En Indonesia se ha encontrado la que podría ser la pintura rupestre figurativa más antigua del mundo descubierta hasta la fecha, datada hace 45.000 años.

Hoy en día se cree que algunas de las primeras pinturas rupestres encontradas (manos, puntos y símbolos y formas geométricas) de hace más de 60.000 años podrían ser obra de neandertales.

LA MAYOR REVOLUCIÓN DE LA HUMANIDAD

La humanidad ha experimentado diversas revoluciones a lo largo de la Historia como la francesa, la industrial o la digital. Pero ninguna fue tan profunda y radical como la que contempló el planeta hace 10.000 años: la revolución neolítica.

Hasta ese momento, el ser humano había sobrevivido gracias a la recolección y la caza, siendo su modo de vida el nomadismo, siempre en contacto con la naturaleza y subsistiendo gracias a ella. Coincidiendo con el final de la glaciación y la llegada de un clima más templado, los seres humanos se asentaron en lugares especialmente fértiles en los que comenzaron a sembrar cereales, cultivar plantas y criar animales. A partir de entonces, la humanidad comienza a transformar el medio ambiente para adaptarlo a sus necesidades.

Paralelamente aparecen nuevas herramientas más elaboradas, como piedras para moler, ruedas, cerámicas para almacenar el grano o pequeños hornos para cocerlos, lo que aumenta la producción y origina el comercio entre diferentes grupos para intercambiar los

productos sobrantes que se producen. Con el descubrimiento de la agricultura el hombre abandonó la vida nómada que le había caracterizado y comenzó a construir los primeros asentamientos estables que, poco a poco, fueron dando paso a las primeras ciudades a orillas de los grandes ríos que recorrían Oriente Próximo. Este proceso fue acompañado de una explosión demográfica como nunca se había visto. La población de la Tierra empezó a crecer exponencialmente, una tendencia que no ha hecho más que acelerarse desde entonces.

Durante el Neolítico se ponen las bases del mundo en el que vivimos hoy, para lo bueno y lo malo. Este período también trajo una mayor conflictividad social que desembocaría en las primeras guerras, el inicio de las desigualdades sociales y de género, así como la deforestación de grandes extensiones de terreno para dedicarlas a la agricultura y la ganadería.

Como muchas de las revoluciones que protagonizaría el ser humano, esta también iba a tener sus claroscuros.

Para levantar cada una de las piedras de Stonehenge se necesitaba de la fuerza de al menos cien personas.

PIEDRAS MÁGICAS

Coincidiendo con el período en el que los humanos abandonaron el nomadismo y establecieron sus primeros asentamientos permanentes, comenzaron a aparecer en diferentes lugares unas grandes construcciones de piedra llamadas megalíticas *(mega: grande; lithos:* piedra). Estas construcciones estarían relacionadas con ritos funerarios e indicarían el asentamiento de una comunidad humana en ese lugar.

Estas estructuras podían ser simples bloques de piedra alargados y macizos clavados en tierra que señalaban un lugar de reunión o la cercanía de una necrópolis (son los menhires, popularizados a través de los cómics de *Astérix)* o combinarse entre ellos para formar un dolmen o monumentos más complejos como los crómlech, grandiosos grupos de piedras en forma de círculo.

La construcción de Stonehenge está rodeada de misterio, ya que algunos de sus pesados bloques provenían de canteras a más de 200 kilómetros del lugar.

Aunque la mayoría de las construcciones megalíticas suelen asociarse a ritos funerarios, la construcción más conocida de este tipo sigue envuelta en el misterio: nos estamos refiriendo al conjunto de Stonehenge, en el sur de Inglaterra. La imaginación popular atribuyó su construcción a los antiguos druidas o hasta al mago Merlín. Hoy en día sabemos que no fue así, sino que fue levantado alrededor del 2500 a. C. gracias al trabajo de cientos de hombres que colaboraron entre ellos para construir uno de los conjuntos monumentales más espectaculares de la humanidad. También su función sigue siendo objeto de debate. Sin embargo, lo más factible es que su construcción estuviera relacionada con rituales astronómicos y que sirviera para determinar el solsticio de invierno y el de verano, fechas que marcaban los inicios de cada una de las estaciones respectivamente. Recordemos que su construcción coincide con la creación de las primeras comunidades agrícolas que tanto dependían del ciclo de las estaciones para preparar las cosechas y sobrevivir.

Hay enterradas en sus alrededores personas procedentes de otros lugares de Europa, lo que nos habla de que la trascendencia de este monumento iba más allá de las Islas Británicas.

El menhir más alto que se conoce mide 21 metros, más que un edificio de cuatro plantas.

El patriarcado es una creación cultural y no un comportamiento propio de la humanidad determinado por la biología.

EL HOMBRE PREHISTÓRICO TAMBIÉN ERA UNA MUJER

Cuando pensamos en hombres prehistóricos pensamos en eso: hombres. Hombres cazando, hombres tallando herramientas, hombres pintando en una cueva... como mucho podemos imaginar a una mujer al fondo de esa misma cueva, acurrucada, cuidando de una cría. Pero ¿era realmente así?

Según los datos disponibles, los expertos tienden a pensar hoy que los seres humanos del Paleolítico vivían en sociedades relativamente igua-

Los estudios recientes han demostrado que las mujeres prehistóricas también participaban en la caza de grandes animales como el mamut o los venados.

La interpretación que tradicionalmente se ha hecho de los restos arqueológicos ha contribuido en gran medida a invisibilizar a las mujeres prehistóricas.

litarias y poco jerarquizadas. Y, aunque hombres y mujeres pudieran tener diferentes funciones dentro del grupo, eran igualmente respetados. Además, las divisiones en el trabajo no eran tan claras como se tiende a creer: los hallazgos arqueológicos demuestran la existencia de no pocas mujeres cazadoras y nada indica que la mano que pintó las cuevas rupestres o talló las primeras herramientas fuera la de un hombre y no la de una mujer.

Posiblemente fue mucho después, en el Neolítico, cuando comenzaron a forjarse las desigualdades entre hombres y mujeres que llegan hasta hoy. Si durante la Edad de Piedra la norma parece haber sido que todo el grupo compartiera alimentos, tierras y herramientas, con la sedentarización y la acumulación de excedentes nace la propiedad privada. Es entonces cuando aparece una nueva división del trabajo, una jerarquización de la sociedad y la mujer comienza a ser percibida como una posesión más y un medio para asegurar que los bienes acumulados pasaran a la descendencia.

La ciencia demuestra que la opresión y la dominación de las mujeres por el hombre no es un hecho natural existente desde el origen de la humanidad. Si lo pensamos, la igualdad fue la norma durante la mayor parte de nuestra existencia como especie, el patriarcado es un producto de la organización social muy reciente si consideramos que el hombre lleva sobre la tierra cientos de miles de años y que, por tanto, no es inevitable y se puede revertir.

TABLETS DE ARCILLA

Esta historia va tocando a su fin. O deberíamos decir que estamos llegando al inicio de la Historia, con mayúsculas, que es el período que comienza con la invención de la escritura, uno de los logros más importantes de la humanidad. Sin embargo, esta valiosa herramienta que nos permite trasmitir conocimientos, experiencias y emociones tuvo un origen más mundano del que podríamos suponer: nació como algo similar a un albarán o una lista de la compra.

Durante el Neolítico, con el nacimiento de las primeras ciudades también se multiplica la población y el comercio, crece la burocracia y la administración se hace más compleja, por lo que comienza a hacerse necesario llevar un registro detallado de todas estas operaciones y de los bienes y personas que intervienen en ellas. Al principio se emplearon piezas de arcilla con diferentes formas para llevar la contabilidad, luego, a medida que las operaciones se hicieron más complejas, se comenzaron a dibujar en unas tablillas de arcilla signos que representaban las cosas y las cantidades que se intercambiaban. A partir de estas tablillas, aparecidas en Oriente Medio alrededor del

Idiomas como el sumerio, el acadio o el hitita se expresaban a través de la escritura cuneiforme.

¡Ojo! El cuneiforme no es un idioma, sino un sistema de escritura. Tampoco es un alfabeto, ya que no tiene letras, solo caracteres y símbolos que servían para escribir palabras o reflejar cantidades.

La escritura cuneiforme fue descifrada en el siglo XIX por el británico Henry Rawlinson, devolviendo con ello la voz a los protagonistas remotos de esta aventura.

3 400 a. C., se desarrolló un sistema de escritura conocido como cuneiforme por la forma de cuña que tiene el cálamo, el pequeño objeto que servía para trazar los signos sobre las tablillas. A lo largo de los siglos este sistema de escritura fue evolucionando, pasando de ser una mera herramienta contable para convertirse en un vehículo de comunicación en el que se fijaban obras literarias como el *Poema de Gilgamesh* (2 500 a. C.), fórmulas religiosas o leyes como el *Código de Hamurabi* (1 750 a. C.).

La invención de la escritura fue uno de los mayores hitos de la humanidad y ha hecho que tú, miles de años después, hayas podido leer este libro, que espero que hayas disfrutado.

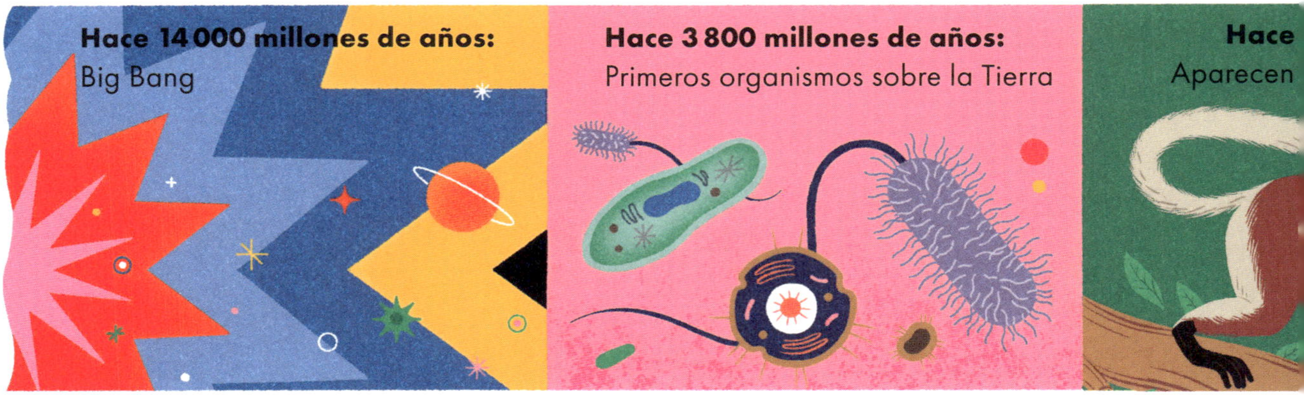

Hace 14 000 millones de años: Big Bang

Hace 3 800 millones de años: Primeros organismos sobre la Tierra

Hace Aparecen

CRONOLOGÍA

La Prehistoria se ocupa de la existencia de los seres humanos desde la aparición de los homínidos hasta la invención de la escritura en Oriente Medio hace más de 5.000 años. Esos son muchos años como para resumirlos.
La Prehistoria es un período tan extenso que muchas veces es difícil de concebir. Si imaginásemos la historia del ser humano como una película de tres horas de duración, solo veríamos imágenes prehistóricas. Todo lo que viene a continuación (las pirámides, el Imperio romano, el Renacimiento, la llegada a la

16000 a. C.: El *Homo sapiens* llega a América

25000 a. C.: Extinción del *Homo neanderthalensis*

45000 a. C.: El *Homo sapiens* llega a Australia

10000-8000 a. C.: Fin de la última glaciación. Inicio del Mesolítico

8000-4000 a. C.: Neolítico

...ones de años:
...eros primates

Hace 4 millones de años:
Aparece el *Australopithecus*

Hace 2,5 millones de años:
Aparece el *Homo habilis*. Primeras herramientas. Inicio del Paleolítico

Hace 300000 años:
El ser humano empieza a dominar el fuego

Luna, internet o Rosalía) solo ocuparía los tres últimos segundos de esa película, apenas un parpadeo. Aun así, ahí van algunas fechas importantes con los principales períodos que han establecido los especialistas.

250000 a. C.:
Origen del *Homo neanderthalensis* y del *Homo sapiens*

110000 a. C.:
Inicio de la última glaciación

...000-1000 a. C.:
...dad de los Metales

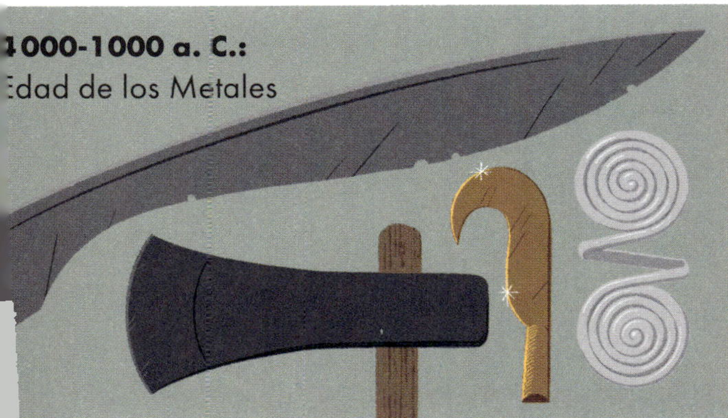

3300 a. C.: Aparición de la escritura

Diseño de la colección: Montse Galbany

Alba Editorial, s. l. u.
Baixada de Sant Miquel, 1
08002 Barcelona
www.albaeditorial.es

Primera edición: septiembre de 2024

ISBN: 978-84-1178-095-7
DL B 14274-2024
Impreso por GPS, Eslovenia

MIXTO
Papel | Apoyando la selvicultura responsable
FSC® C118234

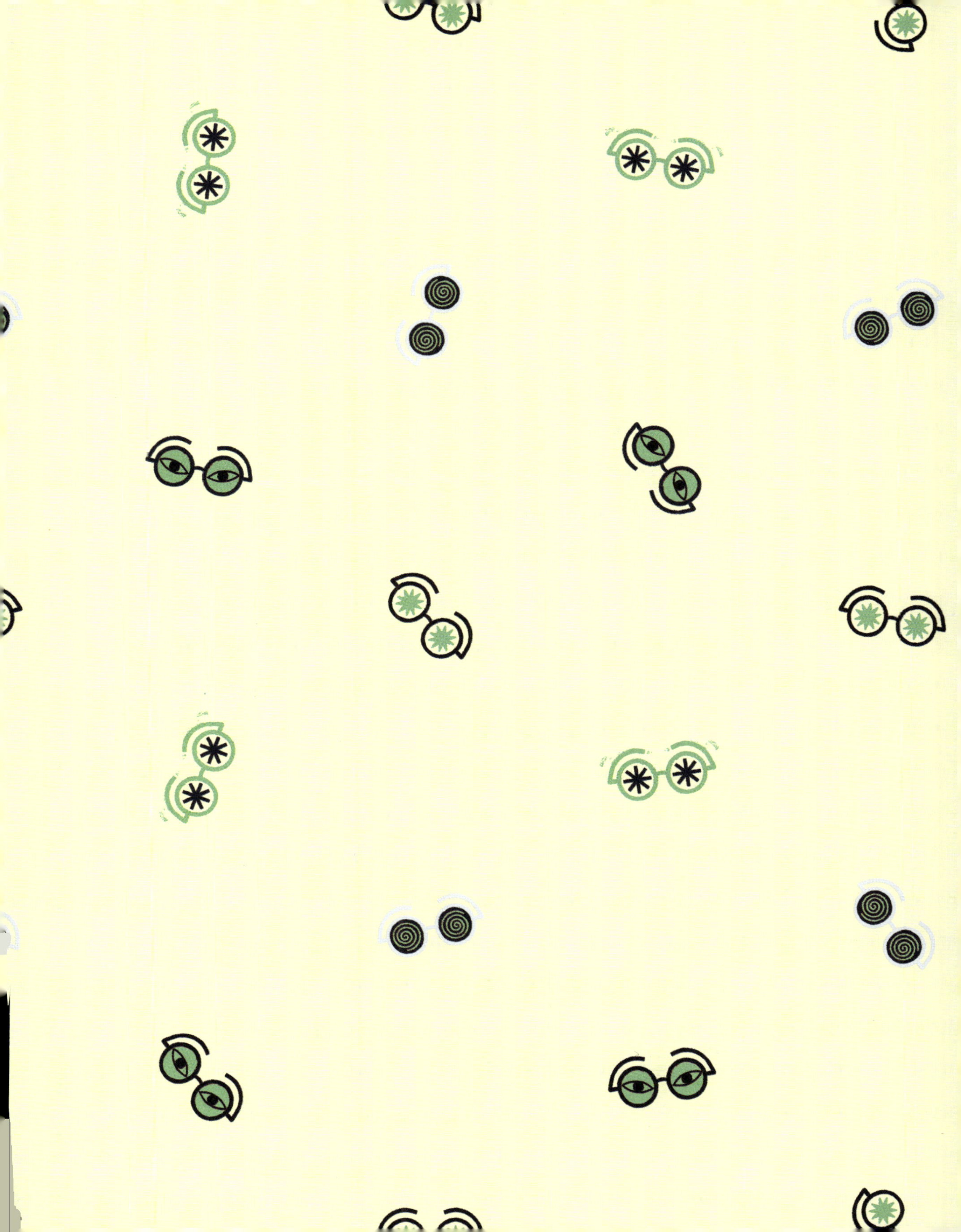

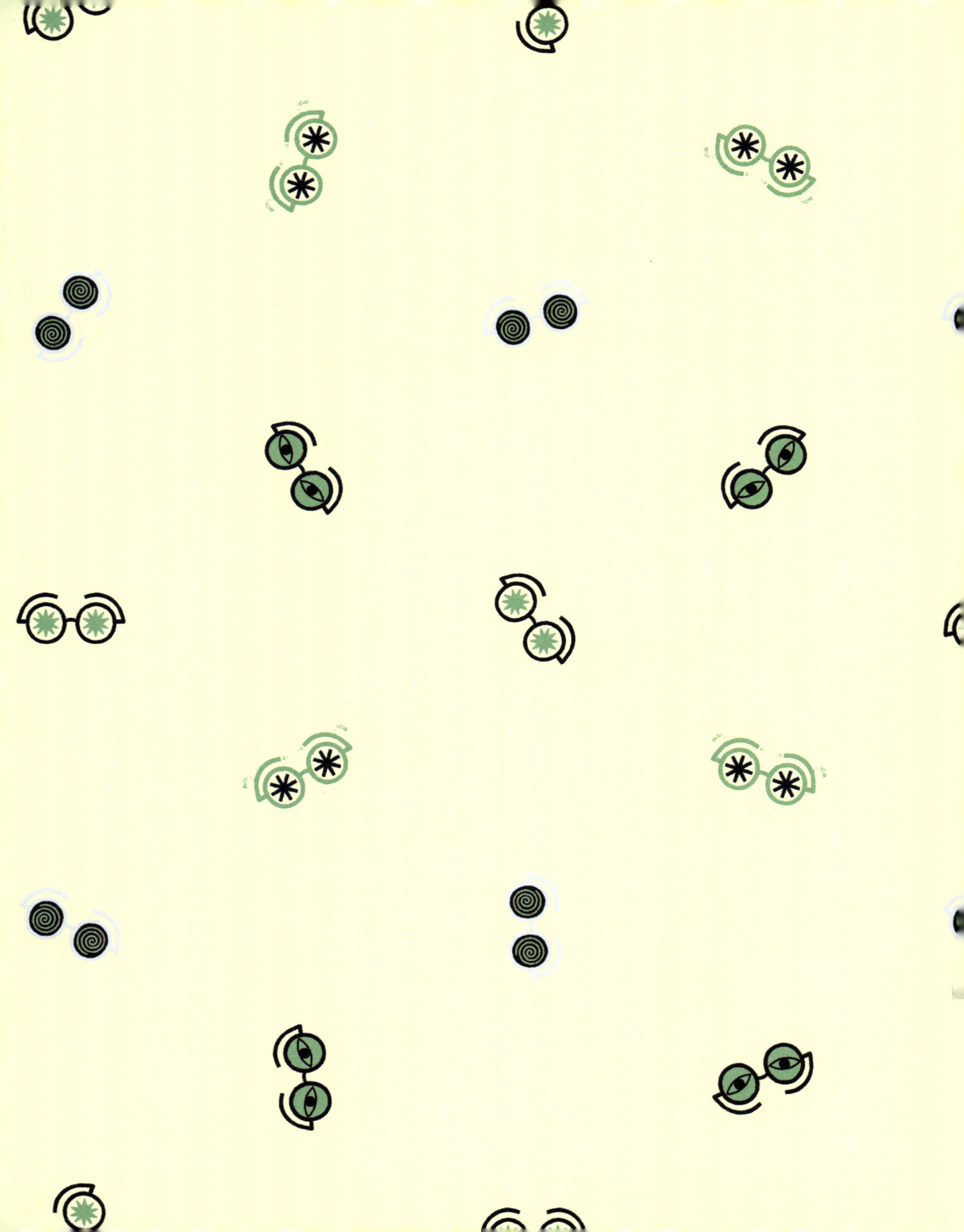